KB004820

나는
모든 순간이
그립다

然

戀

緣

광화문 사무실에서 내다본 경복궁

그림 임헌문

나는
모든 순간이
그립다

지은이 | 임헌문
펴낸곳 | 마인드큐브
펴낸이 | 이상용
편집부 | 김인수
디자인 | 서경아, 남선미, 서보성

출판등록 | 제2018-000063호
이메일 | mind@mindcube.kr
전화 | 편집 070-4086-2665
| 마케팅 031-945-8046 (팩스 031-945-8047)

초판 1쇄 발행 | 2020년 7월 30일
초판 2쇄 발행 | 2020년 8월 3일
ISBN | 979-11-88434-31-2 (03810)

• 잘못 만들어진 책은 바꾸어 드립니다.
• 이 책은 저작권법에 따라 보호받는 저작물이므로 무단전재와 무단복제를 금합니다.
• 이 책의 일부 또는 전부를 이용하려면 반드시 저자와 마인드큐브의 동의를 받아야 합니다.

나는
모든 순간이
그립다

然

戀

緣

임헌문 시집

Mindcube

서시

당신을 처음 본 순간
얼음 위를 구르던 돌멩이처럼
또르르르
나는 유년의 강을 건넜다.

언 강 녹으면
봇물 터지듯 떠밀려
다시 돌아올 수 없음을
그때 알았더라면

그렇게 서둘러
강을 건너지는 않았을 거야
새벽 기차 소리에
잠을 설치지도 않았을 거야

마냥 끓어오르던 열정도 가고
버려진 빈 술병처럼
홀로 남겨짐을 알았을 때

나는 청춘의 산을 넘었다.

끝내 닿지 못할 곳을
못 견디게 그리워했던
눈먼 세월의 덧없음을
그때도 알았더라면

그토록 많은 것을 가지려
아등바등하지는 않았을 거야
그토록 잃는 것을
두려워하지 않았을 거야

이제 다시 강을 건너련다
끝내는 먼지로 흩어진다 해도
지난 삶이 가볍지 않도록
열심히 사랑해야지

내 모든 흔적이 사라져도

이토록 광막한 우주에
당신과 내가 함께 했음으로
그 사실만으로 충만할 수 있게

그믐달 달빛처럼 짧은 시간
그냥 흘려보낼세라
아침햇살 같은 당신을 향해
캄캄한 밤길을 간다.

차례

2부 戀

1부 然

● 然 : 그러할 연 ●

봄맞이

늑장 부리던 봄의 전령이
딸랑딸랑 종을 울리면

겨우내 얼음장에 갇혔던
시냇물 졸졸졸 흐르고

덩달아 신이 난 물가 새들
포롱포롱 분주히 날아오른다.

산새 물어다 놓은 꽃잎 하나
샘물 위 빙그르 맴돌고

언덕 위 아지랑이 졸음 깨우려
봄바람 살랑살랑 빰을 어른다.

뒷산 봄은 물레방아처럼
철컥철컥 돌아가는데

마당 깨끗이 쓸어놓고
나는 누구를 기다리나?

솔잎을 태우며

이제 너를 보내기로 한다.
지난여름 너를 만나
겨우내 곁에 두었거니
이른 봄날 너를 보내련다.

소리 없이 타들어간다.
네 안의 말 못할 설움도
알싸한 연기와 함께
마침내 세상을 뜬다.

조용히 일어나는 파란 불꽃
네 영혼의 심지처럼
차갑고 단호하구나.
다시는 돌아오지 않을 것처럼,

봄은 다시 시작이고
또 가고 오는 것이지만
내 기억이 있는 날까지는

너를 잊지 않을 거야.

보이지 않을 때까지
천천히 아주 천천히
작별 인사를 건넨다.
솔잎 같은 너에게

혼자 남은 잎새

새 봄 나뭇가지에
철 지난 나뭇잎 하나

마지막 가는 길
누군들 아쉬움 없었을까마는

무슨 뼈에 사무친 미련이 있어
남들 갈 때 가지 못하고

겨우내 쇠심줄같이 버티어
아직 매달려 있는 거냐?

떠날 것들은 모두 떠나고
봄이 이제 한창이건만

죽기보다 더한 게 홀로 남는 거란 걸
너는 모르는 것이냐?

봄꽃

어느새
꽃이 모두 졌네.

언제 피었는지도
몰랐는데

널 알아볼 새도 없이
또 보내고 말았구나.

봄날이 아직 남아 있는데
무엇이 그리 바빠 벌써 가버렸는가?

얼핏 스치는 차창 밖 풍경처럼
잠시도 기다려주지 않는 너

난 늘 보낸 후에야
너를 되돌아보는구나.

동백

누구를 위한 기다림이었나?
어차피 만날 수도 없는데

봄에 꼭 다시 보자는
그 말 곱씹으며

비바람 눈보라 홀로 맞으랴
온몸에 퍼런 멍이 들고

긴 밤 지새려 꼭 다문 입술
터져 부르트더니

아무도 보는 사람 없는데
마침내 빨갛게 피어났구나.

목 빼고 언 발 동동 구르며
몇날 며칠 기다리더니

봄이 채 오기도 전에
너는 이미 무참히 떨어져

애타던 마음 보여주듯
사방에 널린 붉은 네 주검

5월 장미

5월이로구나.
향긋한 네 향기
내 마음 울타리
살짝 넘었다는 것은,

5월이로구나.
탐스러운 네 얼굴
들뜬 내 어깨에
살며시 기댔다는 것은,

그래 5월이로구나.
달콤한 네 미소에
무심한 내 마음
풍덩 빠졌다는 것은…

옹달샘

샘물 위 비친 네 얼굴
물방울 미소 퐁퐁 떠올라

그 볼에 살짝 입 맞추고
후— 불면,

웃음이 퍼져나간다.
동그랗게 동그랗게

그대로 가만히 있으면
또옥 똑 떨어지는 물방울 시계

시간이 멈춘 듯
영겁의 시간이 가라앉는다.

아침 산책

아침을 흔드는
바람의 속삭임

제 짝을 부르는
새 소리, 벌레 소리

아득히 전생이 그리운
매미 소리

멀리 졸졸졸
계곡물 소리까지

숲의 아침은
완벽하다.

이 길 끝까지
당신과 걸을 수 있다면

마당 쓰는 소리

사라락 싹 사라락,
누가 이 아침을 쓸고 있나요?

아직 이른 새벽
한참 꿈길인데,

차가운 새벽 공기를 가르며
사라락 싹싹 사라락

비 그친 골목길을
누가 쓸고 있나요?

밤새 어지러진 내 마음
깨끗이 쓸어놓고

스르륵 슥슥 스르륵
골목길 돌아 멀어져가는 소리

여행길에서

비록 잠깐이라도
혼자 여행을 떠나면

문득
사람이 그리워진다.

누군가를 그리워하는
내 마음이 너무 좋고

아직도 간절히 보고픈 사람이
있다는 것이 너무 좋다.

그리고,

지금도 그 마음이 궁금해
더, 더, 더, 좋다,

그대는 나의…

그대는 나의 꽃, 나의 푸르름이요,
햇살에 반짝이는 아침 이슬처럼
내 찬란한 보석이다.

그대는 푸드득 날아오른 새들의 날갯짓이고,
머물 순 없었지만 언제나 돌아가고픈
내 젊음의 샘이다.

그대는 밤새 절절한 그리움이며,
지금 당장 입 맞추고 싶은
내 간절한 소망이다.

그대는 끝내 거부할 수 없는 유혹이며,
죽는 날까지 짊어지고 갈
내 달콤한 멍에다.

나를 바라봐준 꽃

나는 네가 좋다.
병원 가는 길에 만나서 좋다.
길모퉁이, 이슬 젖은 모습으로
나를 바라봐줘서 좋다.

딱히 예뻐서라기보다
어릴 적 나를 부르던, 바로 그 손짓이어서 좋다.
여학생 교복처럼
설레도록 새하얀 색깔이어서 좋다.

남들 앞 다투어 뽐내고 있을 때
너 홀로 떠남을 아는구나.
이제 다 되었다는 듯
조용히 날개를 펴는구나.

잠깐의 만남이었지만
나는 네가 좋다.
가기 싫은 발길 잠시 잡아준,

네가 나는 좋다.

폭포

너에게 퐁당 빠지기 전까지는
난 네 속을 알지 못했다.

검푸른 심연과 오싹한 냉기가
냉큼 돌아가라고 이르건만,

하얀 물보라, 시원한 물줄기에
온갖 시름 다 날려보내고

말 없는 네 가슴에
내 서러움의 보따리를 던진다.

쌓이고 쌓인 내 안의 응어리
천천히 바닥으로 가라앉고

내 마음 깊은 곳에서
푸른 새 하나 날아오른다.

분수에 대한 명상

너에 대한 낯설음에
눈이 부시다.

모두가 아래로만 떨어질 때
너 홀로 솟구쳐 오르느냐?

마침내 참지 못하고
하얗게 부서지는구나.

누구에 대한 저항인가
이토록 거슬러 오르는 것은?

더 높이 날려다 추락한
신화 속 소년처럼

자유로운 새들의 무덤엔
비석이 없다.

셀 수 없이 추락하면서도
이토록 가슴 시원한 것은,

너 하나 살아 있음에라
이 숨 막히는 아스팔트 대지에

여름 풍경

먼 산허리
비구름 이내 흩어지고

살구나무 가지
바람 이제 고요하다.

갑자기 불어난 계곡물
우당탕 몰려가더니

다리 옆 논두렁엔
개구리 소리 요란한데

우르르 딱,
천둥소리 가슴 졸이다,

낙숫물 따라 떠내려간
그 여름날 내 마음

雨요일

일주일 내내 비가 내린다.

아무래도 하늘에는
물을 퍼다 나르는

거대한 급수관이 있는 것이
틀림없다.

사방이 물바다
물물물물

어떻게 그 많은 물들이
하늘에서 내려올 수 있을까?

금강휴게소

퍼붓던 장맛비 잠시 멎어
흰구름 모락모락 푸른 산허리

강은 저마다 사연 품어
두런두런 길 떠나고

산은 수억 년 세월 품어
묵묵히 제 자리 지키는데

물 따라 흘러간 사람
세월 저편으로 멀어져간다.

누구나 제 갈 길 가고
결국 혼자 남는 거지만

인연 따라 도리뱅뱅*
풀잎처럼 거듭나고 거듭나면

너를 다시 볼 수 있으려나?
네 목소리 다시 들으려나?

철불산** 약사여래 부처님께 여쭤보면
빙그레 웃으시겠지.

비구름처럼 모였다가 흩어지는
한낮의 금강휴게소

* 충청북도 옥천 지역의 향토음식으로, 피라미를 프라이팬에 동그랗게 돌려 담아 기름에 튀긴 후 매콤한 양념에 조린 음식

** 금강휴게소 인근의 산 이름

제천 농다리*

물은 물대로 천 년을 흐르고
다리는 그 세월 온전히 견디어
끊긴 마음 이어주는데,

아득한 전생 기억에
대낮부터 취한 고추잠자리
어지러이 허공을 맴돌고,

오늘따라 한가한 구름
돌다리 베고 냇바닥에 누워
홀로 생각에 잠기었는데,

흐릿한 기억 속 옛 동무들
달음박질하며 다리를 건넌다.
아득한 세월 저편으로

* 사력 암질의 붉은 돌을 쌓아서 만들어진 다리로,
우리나라에서 가장 오래되고 긴 돌다리

그 해 여름

당신 없는 거리에
다시 여름이 지나가고 있습니다.

그 흔적들이 못내 아쉬운 듯
숲을 서성이고 있습니다.

그 여름 뜨겁던 날
당신은 제게 오셨지요.

처음에는 눈이 부셔
잠시 딴 곳을 보았습니다.

어리석은 조바심이
당신을 많이 힘들게 했지요.

아무런 소식 하나 없이
여름이 또 지나고 있습니다.

아직도 짝을 못 찾은 매미는
애타게 울고,

아쉬운 그림자만 길게 뉘인 채
여름이 또 저물어갑니다.

오솔길

계절은 길 위에 낙엽을
수북이 올려놓았습니다.

당신 찾아 분주히 오가던,
숲속 작은 오솔길

인적 드물어 다른 이들
길 아니라고 돌아가던 길,

당신 흔적 지워져
아무도 가는 길을 알지 못합니다.

그래도 내 눈엔 보입니다
아주 똑똑히 보입니다.

수북한 낙엽 사이로
당신 얼굴 훤히 보입니다.

당신은 아무 말 없이
길이길이 숨었지만

나는 거침없이 걸어갑니다.
길은 가을 속을 걸어갑니다.

크눌프의 추억*

아무도 없는 들길을 지나
가을 속을 걸어갑니다.

쓰러진 나무 지천이며
솔잎 무수히 발길에 채입니다.

길섶 풀벌레 구슬피 울어대고
그 많던 바람도 종적이 없습니다.

해는 하늘 한 가운데 떠서
남은 내 그림자마저 지워버립니다.

한평생 욕심 없이
바람처럼 자유롭게 살았으나,

길 위를 헤매는 사람은
아무 것도 거둘 수 없습니다.

산 날을 되돌아봅니다.
살 날을 헤아려봅니다.

다시 돌아올 일 없는
텅 빈 가을 길을 걸어갑니다.

* 헤르만 헤세의 시집 제목

가을의 소리

귀를 닫아야 들린다.
눈을 감아야 더 크게 들린다.

깊은 숲속 밤송이 하나
툭 떨어지는 소리

놀란 다람쥐 나무에 오르다
나뭇잎 후두둑 떨어지고

한적한 오솔길엔
바스락 낙엽 밟는 소리

종종걸음 가을이 야속해
내쉬는 야윈 들꽃의 한숨

이산 저산 홀로 타들어가는
빨간 단풍들의 이별 노래

모두가 익어가는 소리
모두가 떠나가는 소리

껍질

누구라도
티끌 같은 세상 일로
함부로 아픔을 말하지 마라.

억장이 무너지던 슬픔도
끝내 말 못한 설움도
한치 앞이 보이지 않던 절망도,

숱한 세월,
귓가를 스쳐간 바람처럼
무심히 흘려보냈노라.

상처는 진액으로 막고
시름은 주름처럼 접어
마침내 철갑을 두르니

다시는 상처 받지 않게
오직 너를 위한

단단한 껍질이 되었다 하노라.

치악산

내가 만일 죽어서
저 하늘 떠도는 구름이라도 된다면,
비로봉* 꼭대기 누워 올려다보던
지금의 나를 기억할 수 있을까?

사다리 병창** 힘들게 오르다 보면
나무 잎 하나 스르르 떨어지는
그 잠깐 동안이라도
너 향한 그리움 잊을 수 있을까?

또 내가 죽어서
거친 골짜기 바람이라도 된다면
저 그침 없는 물소리를
잠시 들리지 않게 할 수 있을까?

내 애타는 마음이
저 산마루 붉은 노을이라도 된다면
여태 무심한 네 마음을

잠시 물들게 할 수 있을까?

* 치악산 정상
** 치악산에 있는 가파른 등산로

눈 덮인 산에서

언제가 나의 시간이 다하면
육신이야 어디로 가든
마음은 이곳에 두련다.

수북이 쌓인 눈이불 덮고
나지막한 바위 베고 누워
흘러가는 흰구름 바라보리라.

구부러진 소나무 친구 삼고
저 멀리 날아가는 새들 좇아
산 너머 너머 내다보리라.

봄 눈 녹아내리듯
내 생의 기억들도 하나 둘
계곡물 따라 떠내려가면

바위가 되어도 좋다.
나무가 되어도 좋다.

허공이 되어도 좋다.

오직 하나,
이 세상 끝날 때까지
너를 향한 온전한 기억만 남아 있다면

해파리

춤을 추듯 펄럭펄럭
아스라한 시간의 바다를 유영한다.

내 심장의 고동처럼
매 순간 접었다 펼치는 순백의 스커트

리본처럼 나부끼는 촉수가 전부일 뿐
쌀알만한 생각의 흔적조차 없는데,

온몸을 밀어 앞으로 앞으로 나아가는
네가 나는 애처롭다.

어쩌면 너는 오래전 떨어져나간
내 영혼의 한 조각

너의 자그마한 박동이
내 몸에 전기처럼 전해진다.

먼길 가는 새, 지친 날개 쉬어 가듯
잠시 멈췄다 가도 좋으련만

달빛을 등대 삼아 아득한 밤바다를
끝없이 가는구나.

므두셀라* 소나무의 독백

하나 둘 사라져간다.
혼자 남는 것도 슬프지만
더 가슴이 아픈 건
조금씩 생각이 나지 않는 거야.

네 이름이 떠오르지 않아
한동안 멍한 적도 있었다.
그토록 사랑했던 이름인데,
그토록 소중했던 이름인데,

이러다 너를 아예
잊어버릴 수도 있을 거야
네 얼굴, 네 모습, 네 목소리
그리고 마침내 네 이름마저

너를 잃는 것보다 더 슬픈 게
너를 잊어버리는 거야.
이 광활한 우주에서 사랑한 것은

오직 너뿐인데…

살아 있으면 뭘해?
너에 대한 기억마저 없다면
살아도 산 게 아니지.
그냥 돌멩이로 사는 거지.

* 미국 캘리포니아 화이트 산에 있는 지구에서 가장 오래된 소나무.
수령이 4,900여 년이나 되었다고 함.

잡초

널 유심히 봐줄 사람도 없고
얼굴조차 기억할 이도 없는데

넌 왜 딱딱한 시멘트 도로에
홀로 버티고 서 있느냐?

먼지 수북한 중앙 분리대
차들은 무섭게 질주하는데,

낯선 구름 아래
무얼 기다리며 서 있는 것이냐?

조그만 틈만 있어도
악착같이 살아야 한다는 걸

온몸으로 보여주는 것이냐,
시방?

가만히 있는 산

흰눈 머리에 이고
말없이 세상 내려다보는
가만히 있는 산

바람이 불면 부는 대로
눈 내리면 내리는 대로
그 자리 가만히 있는 산

이렇게 되기까지
많은 시간이 흘렀지.
숱한 눈물을 흘렸지.

그건 사랑이 아니었어
네 온마음 차지하려고
끊임없이 너를 괴롭혔지.

그건 미친 욕망이었어.
그칠 줄 모르는 갈망이

끝없이 너를 힘들게 했지.

너를 잃었을 때
모든 게 끝나버렸어.
내 영혼이 통째로 무너졌지.

인연이 돌고 돌아
너를 다시 만나면
아무 것도 바라지 않을거야.

다가가지도 않을 거야
그 자리 그대로 서서
한없이 바라만 볼 거야.

나는 네 영혼의 그림자
영원히 네 곁에 머무는
가만히 있는 산

저무는 소리

세월이 지나는 길목에서
한 해가 저무는 소리를 듣다.

가만히 눈을 감으면,
우, 우, 우, 몰려드는 아우성

늘 출발을 재촉하던 총성도
귓가에 맴돌던 일상의 기계음도

망각의 소실점 저편으로
차츰 사라져간다.

상처투성이 지난 기억마다
여전히 가슴이 아려오고

이일 저일 되돌아 보다
마침내 한 해 일기를 덮는다.

어느덧 붉은 노을만 남아
어둠 내리는 교대 사거리

마지막 새도 둥지에 들 시간
새 날을 위해 돌아가는 소리들

2부 戀

戀 : 사랑할 연

그 숱한 갈등은 갔다

그 숱한 갈등은 갔다.
끓어오르던 청춘을 뒤로 하고

세월의 발길을 따라,
물결처럼 떠내려갔다.

크게 울부짖던 사랑이
마냥 가슴 찢던 사랑이,

결국 이렇게 사그라들 것을
끝내 한 줌 재만 남을 것을

그 때는 그걸 못견뎌
밤새 괴로워했다.

다 흘려보내고 나니
이리 마음 후련한 것을,

가슴을 도려내는 것처럼
잃는 것을 두려워했음을,

주체할 수 없었던 열기와 함께
그 숱한 갈등은 갔다.

분홍 꽃

아득한 꿈이다.
너를 보고 싶음이란
아지랑이 같은 현기증
가슴 설레는 나만의 소풍길

그 길을 더듬어
너를 향해 간다.
마음 절로 따스했던
분홍색 꽃망울

오직 나를 위해
온 마음 열어주었기에
이 봄도 다시 피어날
너를 향해 간다.

달빛 연정

달은 높이 떠
온세상 비추고

당신은 내 맘속에 있어
소리 없이 타오르네.

달빛 아래 모두가
숨죽여 지켜보는 것 같아

나 홀로 제 맘 들킨 듯
쿵쾅거리고,

배시시 나타난 보름달
다 안다고 슬슬 웃는데

숨을 곳없는 내 마음
마냥 밤길 재촉할 뿐

사과

그 뜨거움을 나에게
남김없이 퍼부어다오.

아직 나를 향한 마음
타오르고 있다면,

혹은 말라비틀어지고
혹은 거꾸러질지라도,

너를 향해 가겠다.
열사의 사막을 건너,

내 외침의 저편에 있어
들리지 않을지라도,

나는 기꺼이
불볕 속을 걸으리라.

한날 미지근한 것은 싫다.
남김없이 퍼부어다오.

그 뜨겁던 여름날
그렇게 한 알의 사과로 익어가다.

섭지코지* 연가

당신은,
그날의 유채꽃밭
싱그럽던 바람을 기억하는가?

찰랑찰랑 해변에 새긴
물결의 흔적만큼이나 아스라한
옛 추억을 기억하는가?

철썩 다가와 부서지면서도
이내 다시 달려드는 파도처럼
잠시도 당신을 떠날 수는 없었어.

당신 향한 내 마음을
질게 질게 풀어낸
세화 해변 쪽빛 바다

구름에게 들킬라
안으로 안으로만 삼킨

우리 속삭임이

하얀 등대섬 너머
아득한 수평선 위
너울너울 퍼지던 날

당신은
수줍던 유채꽃 신부
그날의 설렘을 기억하는가?

* 제주도에 성산읍에 있는 한 곳의 지명

당신이 돌아오면

지금은 오월의 막바지
당신 돌아올 날도 얼마 남지 않았소.

햇살 좋은 베란다엔 빨간 장미꽃
노을 멋진 창가엔 프리지아 꽃

실로 오랜만에
당신의 귀가를 기다릴 것이오.

화창한 토요일 오후엔
남한산 등산이 제격이오.

늘 혼자 오르던 흐드러진 꽃길을
당신과 함께 아주 천천히 오를 것이오.

이제 할 일 잃은 옛 망루 지나
성벽 길 걷게 되겠지요.

그 길 끝 서문 지나면 국청사
달디 단 감로수로 목을 축이고

성안 마을 천천히 거닐다가
산채비빔밥 이른 저녁 마치면

서녘 하늘 붉게 물들고
우리 지친 그림자도 길게 눕겠지요.

어스름 별 하나 찾아오면
새들 바삐 돌아가고

다시 찾은 우리들 방에도
꿈같은 밤이 찾아오지 않겠소?

북한산 진달래능선

진달래능선에 꽃이 피었던가요?
당신과 함께 걷던 그 길에
아지랑이 피어오르던가요?

꽃보다 아름다운 당신은
꽃나무 앞에서 웃고
온산은 불타고 있었지요.

덩달아 물든 내 마음도
당신을 향해
끝없이 타올랐더이다.

아쉬운 시간이 흘러
꽃잎은 모두 떨어지고
다시는 그 길 함께 가지 못했지요.

오라 오라 손짓하던 세월도
언제부터인지

앞질러 멀어져 갑니다.

견딜 수 없는 그리움에
한때 원망도 했지만
이제 미워하지 않습니다.

그 아름답던 시절
잠시나마 곁에 있어준
당신이 한없이 고맙습니다.

이미 나의 독서는 책의 후반부
앞 페이지를 더듬어 가면
언제나 아름다운 당신이 있지요.

지금쯤 진달래 능선에
꽃이 활짝 피었겠지요.
당신도 그 앞에 활짝 웃고 있네요.

조치원 연가

나 이렇게 애저녁에 방황하는 것이며
들판에 하나 둘 피어나는 불빛 바라보며
나 홀로 가슴 불타는 것은,

속이 바싹 타들어가는 가뭄에
한줄기 소낙비를 그리는 마른 옥수수처럼
당신이 절실히 그리운 탓이다.

이제나 저제나 제 서방 돌아올까
목빼고 내다보는 유목민 아내처럼
당신이 애타게 보고픈 탓이다.

생각을 딴 곳으로 돌리려 애도 써봤지만
어스름 저녁 하늘가 언저리
어느새 낮달 같은 당신 얼굴 떠 있다.

막차

차창에 나지막이 기대어
당신 이름 불러봅니다.

유성 떠나 세종청사
마지막 손님 태운 심야 우등버스

고속도로 들어 지긋이 힘을 내는데
이내 둥근 달이 쫓아옵니다.

비 그친 밤하늘 적막하고
별 하나 홀로 외로운데

내 마음 저 달 좇아
당신 향해 밤길 달리면

잠든 당신 깨울
우리 만남은 몇 시인가?

마당 편지 1

너를 위해 비워둔 마당에
비가 내린다.

너무나 오래 기다렸기에
무덤덤한 손길에도

땅은 말없이 가슴을 열고
빗물을 받아들인다.

그냥 바라만 봐도 좋다.
꽃도, 나무도, 풀도 없는,

남은 것은
봄나무 같은 기다림

골짜기를 타고 내려온 바람
아직 차가운데,

내 마음엔 벌써
온통 너를 닮은 꽃

뜰 안 가득
너를 위한 노래

마당 편지 3

너를 위해 비워둔 마당에
태양광등 몇 개 심었다.

종일 뙤약볕 아래
그 뜨거움 다 먹고

마침내 어둠이 내리면
참았던 숨 내뱉듯,

반딧불같이 작은 불빛을
밤새 내보낸다.

너를 향한 절절한 마음
차곡차곡 모았다가

햇살 얼마나 따스했는지
달빛 얼마나 은은한지,

등대처럼 깜박 깜박
조금씩 너에게 전한다.

너 외로운 날에
너 쓸쓸한 날에

마당 편지 4

널 위해 비워둔
마당에 그네를 달았다.

오롯이 너와 어깨를
나란히 할 수 있게

흔들리는 땅
함께 구경할 수 있게

크게 구르면 크게
더 크게 구르면 더 크게

함께 지상을 떠나
공중에 잠시 머물 수 있게

영원히 둘이 함께 하는
연습을 하게

너를 위해 비워둔 마당에
2인용 그네를 달았다.

마당 편지 12

당신을 위해 비워둔 마당에
이름 모를 싹이 돋았습니다.

개나리, 벚꽃 지나간 언저리
수줍은 듯 자리 잡더니,

당신 발소리 먼저 들으려
당신 얼굴 먼저 반기려

앞 다투어 쑥쑥 자라납니다.
돌아보면 이만큼 자라나 있습니다.

종일 당신을 기다린
내 마음 들킨 듯하여,

이것들을 단칼에 베어버릴까
마음에 없는 생각도 해봤습니다.

당신을 위해 비워둔 마당에

내 보초병을 세워두었습니다.

가을 연서 2016

가을이 깊어가듯
당신을 향한 내 사랑도
자꾸 자꾸 깊어만 갑니다.

나뭇잎 쌓이듯
내 안에 묻어둔 사연도
하나 둘 쌓여만 갑니다.

우당탕 휘돌던 계곡물은
마침내 강을 이루면서
안으로만 안으로만 울지요.

오랜만에 당신 편지를 읽었습니다.
그토록 궁금했던
당신 마음을 이제야 알았습니다.

하늘을 한참 올려다봅니다
내가 그렇게

당신을 힘들게 했나요?

당신에게 차마 못한 얘기는
그냥 묻어둘게요.
아시게 되겠지요.

단풍이 짙어가듯
당신을 향한 내 사랑도
한없이 깊어만 갑니다.

영화 '불멸의 연인*'을 보고

너는 나의 모든 것,
나 자신보다 더 사랑한 나만의 연인,

너를 한없이 사랑했으나
너로 인해 죽도록 괴로웠고,

내가 사랑한 만큼, 네가 행복한 만큼
너를 미워해야 했다.

이제 내 생애 막다른 길에서
비로소 너에게 용서를 구한다.

네게 했던 입에 담을 수 없는 모욕을,
한없이 너를 울렸던 비열한 괴롭힘을

죽음의 문턱에서,
나 이제 눈물로 참회한다.

주체할 수 없었던 질투심을
파멸로 이끌던 내 이기심을,

이리도 짧은 인생
왜 그리 먼 길 돌아왔던가?

환희여, 낙원의 그대여,
빛이 가득한 그곳에 함께 들어가자.

나를 용서한다면
나를 가엽게 여긴다면.

* 베토벤을 소재로 한 영화 제목

포도 넝쿨의 사랑

이제 그만 마음을 돌리라고
말하지 마셔요.

버려도 좋은 인연이란
제게는 없습니다.

당신과 헤어짐이란
상상도 할 수 없지요.

오직 당신만 바라보며
당신을 향해 나아갑니다.

때로는 모진 바람에
후두둑 뜯겨나가거나

때로는 불볕더위에
속절없이 말라 스러져도

한 치 후회도 원망도
결코 없지요.

오직 당신 품어
깍지 낀 두 손 마디마디에

그대로 화석이 되도록
온 힘 다해 부여안을 뿐,

제게 당신 없는 세상이란
없습니다.

내 맘속의 당신

돌 가운데 당신 이름
새겨봅니다.

돌은 손에 꽉 쥐어지는데
기억은 자꾸 희미해져 갑니다.

가만히 돌을 굴리며
당신과 함께한 날들을 되돌아봅니다.

당신과 차 마신 날들을 생각합니다.
당신과 다툰 날들을 생각합니다.

홀로 괴로워했던 많은 날들을
찬찬히 생각합니다.

돌아선 당신 손만큼이나
차가운 돌

물속에 가만히 떨어뜨립니다.
비로소 당신을 떠나보냅니다.

당신은 내 마음 깊은 곳
무념의 바위가 됩니다.

유체 이탈

당신을 생각하다가
최면 같은 잠에 빠졌습니다.

몸은 늘어져 가라앉는데
의식은 점점 또렷해지더니,

내 안에 있던 온갖 것들이
어둠 저편으로 뛰쳐나가고,

내 영혼은 육신을 떠나
두둥실 당신께 왔습니다.

시간이 멈춘 듯 아득한 순간
사랑이 강물처럼 흘렀습니다.

되돌아 누운 내 몸 너머로
찬란한 별들의 바다가 펼쳐지고

당신과 함께한 시간 동안
밤새 비가 내렸더이다.

빨간 우체통

당신은
내 맘속 빨간 우체통

당신이 있어
밤새 긴 편지를 쓴다.

영흥도* 연가

세상 즐거움 다 버리고
너 없는 그 섬
가장 깊숙한 골짜기에
뱀처럼 똬리를 튼다.

엉엉대는 바람은 밤새 울고
너로 인한 상처 깊을수록
마음 독하게 먹고
땅속 깊이 닻을 내린다.

온전히 지울 수만 있다면
내 허물 다 벗겨지도록
네 생각 다 씻겨지도록
벽을 향해 돌아앉으리라.

어쩌다 세상 향해
마음 한켠 내줄라치면
철썩이는 파도로 채찍질하며

죽어도 돌아가지 않겠다 하리라.

하지만 어쩔 것이냐
달빛 고운 모래밭 사이로
바닷길 환히 열릴라치면
벌써 달아나는 마음 한 조각을

* 인천 옹진군에 있는 섬 이름

사랑한다는 것은

내가 누군가를 사랑한다 함은,

새벽 공기를 가르며
절 마당을 쓸고 있는
싸리비 같은 부지런함이며,

밤새 대숲을 흔들더니
문풍지를 찢어놓고 가버린
바람의 통곡 같은 절절함이며,

긴 여름 해질녘까지
겹겹 산산 고갯길에 눈길 주던
산골 아낙의 애절한 기다림이며,

깊이를 알 수 없는 우물에
억만 번 두레박을 던지는
내 영혼의 아득한 갈구함이다.

상실의 시대

바다보다 더 깊은 슬픔에 잠겼었지.
너를 잃었을 때
아무것도 보이지 않았어.
온통 캄캄한 어둠에 싸여
죽는 것보다 더한 고통으로
내 영혼은 갈기갈기 찢어졌지.
밤마다 울부짖으며
모든 게 무너져라 소리쳤지.
지금까지 살아오면서
그때가 가장 힘든 때였어.
내 살아가는 의미를 통째로 뽑힌 채
힘없이 무너졌었지.
바다보다 더 깊은 슬픔에 잠겼었지.
너를 잃었을 때

벚꽃

너무 짧은 만남이었습니다.
봄이 아직 많이 남았는데
이리 빨리 갈 줄은 몰랐습니다.

비바람에 우수수 떨어져
이리 저리 날리더니
길가에 수북이 나앉았습니다.

애만 끓이다 지나가 버린
어설펐던 내 청춘 같아서
차마 돌아설 수 없었습니다.

벚꽃 같이 눈부신 당신을
처음 봤을 때
그대로 시간이 멈추기를 바랬지요.

당신은 가고
꽃은 해마다 다시 피지만

나의 날은 조금씩 저물어 갑니다.

꽃나무 그늘 아래서
나는 당신을 그렇게 보냈습니다.
선물 도로 빼앗긴 아이처럼

너

잠든 너의 심장 소리를
듣다가 잠이 들었지.

잠결에
무슨 소리인지 헷갈려

너의 심장에
가만히 귀 기울여보니,

우주 변방에서 들려오는
둥둥 힘찬 생명의 북소리

그 옛날 바닷가
함께 듣던 파도소리, 바람소리

아, 어디선가
풀잎들 일어나는 소리

영구결장 번호

세상 그 누구도
온전히 당신을 대신할 수는
없을 거라 생각은 했다.

그래도 잊고 살다보면
조금씩 아물 수 있는
상처일 거라고 생각했다.

수많은 세월이 흘렀지만
당신은 결코
아물 수 있는 상처가 아니었다.

이제 마음을 고쳐먹고
내 맘 속 가장 높은 곳에
당신의 등번호를 내건다.

내 사는 동안
누구에게도 다시 내줄 수 없는

내 마음의 영구결장 번호를

알카트라즈*

탈출에 대한 갈망이
지독한 외로움의 끝이었기를
나는 진정 바란다.

숱한 세월이 흘러
기억 차츰 흐려져가도
마음은 언제나 밖에 있으니

오늘따라
하늘은 시도록 푸르고
바다는 얼음같이 차다.

백 번을 고쳐 생각해도
내가 있을 곳이 아니라고
수없이 고개 저어봤지만,

이젠 그 말 못할 억울함도
갈매기 날갯짓만큼이나

대수롭지 않다.

어차피 돌아갈 수는 없는 몸
서둘러 나를 지우는 것이
서로를 위한 길이려니 해도

소스라치는 외로움과
텅 빈 시간의 공허함에
마침내 숨죽여 흐느끼다.

하얀 등대는 말없이 무심하고
파도는 사납게 으르렁대는데
아무도 살아 돌아간 사람은 없다.

알카트라즈
흔들리는 것은 깃발이 아니다.
너에 대한 기억이다.

* 미국 캘리포니아주 샌프란시스코만 가운데에 있는 작은 섬으로, 1933~1963년까지 연방법을 위반한 중죄수를 수용하던 감옥이 있었음.

크리스마스 꽃

당신이 아니었다면
그토록 아쉬운 마음으로
돌아보고 또 돌아보았겠니?

당신이 아니었다면
그렇게 설레는 마음으로
사람 붐비는 지하철역 출구에서
사람들 발자국 세고 있었겠니?

또 당신이 아니었다면
그토록 뜨거운 마음으로
숙직 날 밤새 절절한 글을 썼겠니?

더더욱 당신이 아니었다면
이토록 추운 겨울날
저렇듯 빨갛게
타오를 수 있겠니?

소식

그 사람에게서
작은 소식이 왔다.

그것은,
멀리서 불어오는 바람

귓속을 파고 드는
뜨거운 입김으로

나를 살며시
들뜨게 한다.

그나마
보지 못하는 것이 다행이다.

안 그랬으면,
다 들켰을 테니

막 단장한
그 모습 떠올라서

고추 먹은 듯, 고추 먹은 듯
얼굴 붉히는데

꿈에 볼까, 꿈에 또 볼 수 있을까
다시 잠들기로 한다.

어제 문득

그대가 그리웠나 봅니다.
하늘이 시도록 푸른 걸 보니,

그대를 보고 싶었나 봅니다.
온산 진달래 활짝 핀 걸 보니,

그대를 안고 싶었나 봅니다.
햇살이 이토록 따스한 걸 보니,

그대에게 가고 싶었나 봅니다.
달빛이 휘영청 밝은 걸 보니,

그대를 사랑하는가 봅니다.
밤새 잠이 오지 않는 걸 보니,

정말 그대가 오신 건가요?
방문 앞 어른거리는 실루엣

사방은 고요하고
달빛 아래 오동나무 긴 그림자

어떤 걸 봐도
온통 다 당신입니다.

다음 생

다음 생은 걱정이 없다.
이번 생에 많이 사랑하고
잘 살았으니까
당신만 받아준다면,

이번 생처럼 힘들게
찾아 헤맬 일 없으니까
당신에 매어놓은
붉은 실만 따라가면 되니까

당신만 좋다면,
다음 생엔 내가 여자가 되고
당신이 남자가 되든
아니면 지금 그대로 이든

묵은 껍데기 시원하게 벗고
맑은 영혼만 간직한 채
서로 어떤 모습일까

다시 설렘으로 만나는 거다.

당신과 함께 한다고 생각하니
죽는 것도 슬프지 않다.
설령 다음 생이 없다 해도
그렇게 믿기로 했다.

3부 緣

緣 : 인연 연

부표

누굴 위해
이 망망대해에 홀로
떠 계시는가?

온갖 세상 근심
바다 속 깊이
천근만근 드리우고

굳은 결심으로
차가운 밤바다에
결가부좌를 튼다.

저 멀리
아스라한 세상 불빛
이 마음 알아줄 리도 없지만,

살을 에는 거센 바람
몸이 부서진 다해도

단 한마디 아프다 하지 않겠다.

오로지,
널 위해 있어야 할 그 자리에
꼼짝 않겠다 하리라.

스무 살 나에게

사진 속 저편
스무 살 나에게 말을 건넨다.

어수룩한 장발에 애써 불안 감추려
눈에 잔뜩 힘주고 있는 모습

"너 참 많이 힘들었겠구나"
늙은 내가 젊은 나를 위로한다.

한시도 마음 놓을 수 없었던
어둡고, 가슴 아프고, 강파르던 시대

"그래도 잘 견뎌줘서 고마워"
스무 살 나에게 안쓰러운 마음을 전한다.

8월 14일의 일기

너를 고대하던 아빠도 못 보고
하늘나라 올라간 아가야,
너는 서녘 하늘 외로운 아기별
네 귀여운 나팔을 마음껏 불어라.

어둔 밤 하늘에
나팔소리 울려 퍼지면
엄마 아빠는 너를 생각하며
맑은 눈물 흘릴 거야.

너와 인연은 이렇게 끝났다 해도
너는 엄마 아빠의 첫 핏줄
밤마다 꿈마다 까르르
네 귀여운 웃음을 본다.

착하고 가여운 우리 아가야,
엄마 아빠는
세상 모든 것 다 주고 싶었지만

너는 이제 돌아가야 한다.

모든 것이 엄마 아빠 잘못이긴 해도,
너의 해맑은 웃음과
우리 뜨거운 눈물로
이 슬픔 모두 거두리니,

잘 가거라
내 가여운 아가야,
먼 동네 새벽이 올 때까지
먼 동네 새벽이 올 때까지

아들

한낮의 포항역
한시 열차를 두시 열차로 바꾸고
잠시 아들과 마주한다.

용돈 얼마 주고
몇 마디 건네고 나니
막상 할 말도 더 없다.

어제 할 말 다해서인가?
무료함과 불편함이 가득한 눈빛
이제 그만 돌아가라 말한다.

기껏 늦춘 시간은
아직 30분이나 더 남았는데
망설이는 너를 떠밀어 보낸다.

달리 할 말도 없어
항상 밝게 살라고 이르고

역 밖으로 눈길을 돌린다.

잠시 같이 있을 때조차
아들과의 거리는
아직 한참 멀다.

딸에게 1

나에게 너는,

새벽잠을 떨치고 일어나게 하는
샛별이고,

지치고 힘들 때 다시 힘솟게 하는
시원한 샘물이고,

답답한 마음 단번에 씻어주는
소낙비이고,

고된 하루 행복으로 충만케 하는
은은한 달빛이며,

평생 자랑거리를 차곡차곡 적어둔
비밀 공책이다.

딸아, 나는 네가

남을 챙길 줄 아는
넉넉한 사람이어서 좋고,

힘든 내색 없이
씩씩한 사람이어서 좋고,

까닭 없이
인정 많은 사람이어서 좋고,

그런 와중에도
네 갈길 잘 가서 좋고,

나를 닮아
웃음이 많아서 참 좋다.

딸에게 2

널 만나고 돌아 오는
제주발 비행기 안

창밖 하얀 구름을 보니
네게 솜사탕을 만들어 주고 싶어

널 위해 간직한 달달한 씨앗들을
내 안의 풀무로 조금씩 내불면

민들레 홀씨처럼 하얗게 하얗게
너를 향해 날아가 내리고,

마침내 부드러운 혀 끝에서
스르르 녹아 내릴 거야

달콤함이 안개처럼 퍼지고
너는 잠시나마 행복해지겠지.

나도 조금은 허전함을
덜 수 있을 거야.

네게 솜사탕을 만들어 주고 싶어.
하얀 구름을 보면

어머니의 손

모처럼 고기 사드리고
돌아오면서

구십 다 되신 노모의
메마른 손을 잡았다.

닳고 닳아
마루바닥 같은 손바닥

거칠어진 손등
구부러진 손가락

침팬지 손 같았다.
한때 부드럽고 예뻤던 손

긴 이랑 밭 매랴
호미처럼 긁어내고

우거진 잡풀 헤치며
낫처럼 휘두른,

이제는 돌멩이같은
어머니 손

사람 손이라기보다
농기구가 떠올라 죄스럽다.

나 말쑥한 낯으로 나돌아다닐 때
뙤약볕에서 발 맺을 어머니 손이

눈물나게 죄송하다.
부끄럽고 안쓰럽다.

그래도 모처럼 아들 손 잡은 게 좋으신지
마냥 웃고 계신다.

내 마음 후비는

어머니 손

아버지

잠깐만이라도
영혼을 위로하는 나팔소리 들린다면
얼마나 좋을까?
이토록 허전한 밤엔,

창가 허브 잎 따다
차 한 잔 들고 가시면
얼마나 좋을까?
이토록 아쉬운 밤엔,

밤하늘 가르는
별똥별 신호 삼아
이승을 떠나는 영혼의 무리가
일제히 날아오른다.

아주 잠깐만이라도
허허 웃으시는 얼굴 볼 수 있으면
얼마나 좋을까?

이렇게 달빛 좋은 밤엔

심장 초음파

흐릿한 영상 속에서
내 안의 나를 만나다.

목젖처럼
작고 보잘 것 없는 것이,

쉴새없이 팔딱거리며
생명을 길어 올리고 있었다.

금방이라도 멈출 것 같은데
아슬아슬 박동이 이어진다.

이토록 미약한 것이
내 육중한 몸을 버텨온 것이냐?

잘난 체하던 내 생명이
이 작은 것에 의지해 온 것이냐?

함께 달려온 지 수십 년
나는 네가 안쓰럽구나.

대전역

비에 젖은 대전역
모든 것이 흐릿하다.

올라가고 내려가고 돌아가는
저마다의 갈림길에서,

비 젖은 차창에 비친
나를 바라본다.

나는 지금 내 삶의 중간역,
대전역에 와 있다.

모래알 움켜쥐듯
잡히는 것 없는 일상의 반복

스쳐 지나는 여정 속에서
다시 출발을 재촉한다.

이제 남은 길은 막다른 외길
56세 발, 황혼행 특급열차

폐지 할머니

장맛비 오는 날
폐지 줍는 할머니가
언덕길을 오르고 있습니다.

허리는 딱 반으로 접힌 채
비닐 비옷도 무거운 듯
가까스로 리어카를 밀고 있습니다.

사람이 넘쳐나는 금요일 저녁
골목마다 고기 굽는 냄새가 자욱합니다.
부지런히 술잔이 오고 갑니다.

할머니와 사람들 사이
나는 서 있습니다.
비는 점점 세차게 옵니다.

사람들은 칼로리를 걱정하는데
할머니는 끼니를 걱정합니다.

젖어가는 폐지를 걱정합니다.

언제나 비는 내리고
누군가 그 비 맞을테지만
지금은 잠시 비가 그쳤으면 좋겠습니다.

야간 화물 운행

어둠이 내리는 외딴 고속도로
줄지어 피어나는 등불의 행렬

떠도는 길 위의 섬
스스로 차단한 운전석에 앉아

화려한 도시의 야경을 벗 삼아
먹물 같은 밤길을 달린다.

온통 막막한 어둠 속에서는
모르는 그 누구도 반가워

한 번도 본 적 없는 그에게
깜빡 깜박 신호를 보낸다.

만나서 반갑다는 신호를
밤새 잘 가라는 신호를

공화춘*

흐릿한 안개 속에
내 건너온 바다가 누워 있다.

열여섯에 떠나 온 고향은
안개보다 더 흐릿한 기억 속에 있어

고된 부두 일보다 참기 어려운
보고 싶은 사람들, 어머니

긴 하루 끝나면
보잘 것 없는 일당 몇 푼으로,

지천에 널린 술도 색시도 아닌,
달랑 자장면 한 그릇,

산동 가는 배표는 아니어도
고된 하루의 수면제

나는 이대로 잠들어
아득한 고향을 꿈꾸고 싶다.

그저 하루 하루 버티게 해준 자장면
그 가운데 열여섯의 내가 있다.

* 인천 차이나타운에 있는, 우리나라 자장면 원조집

담장 밖 소년

외로움은 베어다
홀로 되새김질하는,
소에게나 던져주자.

슬픔은 걷어다
할 일 없어 쏘다니는
바람에게나 주자.

서러움은 한데 모았다가,
하얀 물결 넘실대는,
모래밭에 뿌리자.

어디서 시작된 건지는
알고 싶지도 않다.
어차피 꿈꿀 수 없는 걸

국제학교,
높은 담장 너머

까르르 여자애들 웃음소리

돌멩이 하나 만지작거리다
담장 안에 던져 버리고
쏜살같이 바다로 달려간다.

감나무집

신탄진 국도변 신호 대기 중,
잠깐 건너다 본 파란 양철대문 집

석양에 비친 감나무 세 그루
나무 그늘에 숨은 작은 새 하나

댓돌 위 낡은 신발 한 켤레
필시 할머니 한 분 살고 있겠다.

반찬 없는 찬밥 물 말아 드시고
오지도 않을 아이들 기다리시며

지나간 세월 더듬고 있으시겠다.
내 어머니처럼

무명 전몰용사의 노래

그냥 가족을 지키고 싶었을 뿐이다.
한참 하다 만 농사일
눈앞에 아른거리는데,

호미 대신 M1 소총,
쟁기 대신 박격포,
목이 타들어가던 그날의 기억

흐드러진 산등성 진달래
골짜기 마을마다 살구꽃
꼭 살아 돌아가야 하는데...

예 누운 지 얼마인가?
사방 이렇게 적막하고
고향 길은 아득하기만 하다.

이제와 이편 저편 따져 무얼 할까?
함께 묻힌 지 수십 년

발 갈다 나온 것은 너나 나나 마찬가지

누굴 위한 싸움이었나?
꽃은 해마다 흐드러지게 피는데
내겐 늘 죽음이 가까운 봄

생의 빛나는 순간

주인 따라 산책 나와 신난 강아지,
너 살아온 날이
고작 몇 년이랴마는,

너 살아갈 날의
가장 빛나는 순간을
너는 아직 알지 못한다.

고작해야
풀나무보다 몇 해
세상에 더 머무는,

한번 보고 지워버리는
동영상 클립같이
짧디 짧은 삶 속에서,

바로 지금이
네 생애 가장 빛나는 순간임을

너는 알고나 있는 것이냐?

순록의 노래

내 살코기를 원한다면
숨돌릴 틈도 없이
나를 죽여다오.

미안해하지도 마라.
어차피 이렇게 될
운명 아니었겠는가?

온 힘을 다해 도망쳐봤다만
그토록 집요한 올가미를
벗어날 수야 있었겠느냐?

다만, 헐떡이는 숨
속절없이 바둥거리는 사지
마지막은 좀 서글프구나.

무슨 말이 필요하겠는가?
눈 감기 바로 전에 본 저 하늘처럼

푸르디 푸른 내 눈을 보았다면…

히말라야 늙은 양의 죽음

세계의 지붕, 파미르 고원
너는 무리를 벗어나
어딜 그리 급히 가느냐?
죽음을 예감이나 한 것이냐?

달랑 새끼 하나만 데리고
가파른 비탈길 오르더니
마침내 고지에 이르러
기력이 다한 듯 휘청거리는 다리

몇 걸음 못 가 앞 무릎이 꺾이더니
다시 일어나지 못한다.
잠시 버둥거릴 뿐 하늘 한번 보더니…
끝은 길지 않았다.

가파른 바위산 둘러싸인
차가운 조상의 대지에
너 그대로 누웠구나.

잠자듯이,

사람보다 낫다.
네 어미의 어미가 그랬듯이
그 어미의 어미가 그랬듯이
스스로 제 갈길 가는 구나.

네 영혼 이대로 돌고 돌아
눈 표범도 되고, 토끼도 되고,
민목독수리도 되어
그 땅을 영원히 맴돌겠지.

돌고 돌다 보면,
우리는 모두 하나의 영혼
이것도 되었다 저것도 되었다 하면서
잠시 잠시 살다 가는 거겠지.

실향

신호 대기 중인 트럭 짐칸에
김장배추가 가득 실려 있다.

배추밭을 통째로 옮겨온 듯
푸른 배추들이 바람에 넘실거린다.

대대로 살아온 터전을 상실하고도
돈바람에 춤추던 고향 사람들처럼

삶이 통째로 뽑혀버린 것을
아직은 모르는 모양이다.

모두 떠난 곳의 풍경

멧돼지 떼 쓸고 간
고구마 밭 마냥
이곳 저곳 뜯겨 나간
문정 비닐하우스촌*

나부끼는 검정 차광막
엇갈려 삐걱대는 낡은 문짝
힘든 하루 위로하는
어둠 살포시 내려앉는데,

인적 없는 골목길에도
허연 가로등 하나 둘 켜진다.
어느 구석엔가
아직 떠나지 못한 사람

마지막 숨 몰아쉬는
상처 입은 짐승처럼,
오갈 데 없이

소멸을 기다리는 네 모습

* 지금의 문정 법조단지에 있던 철거 전 비닐하우스촌

이사

무너져내린다.
세월이, 내 삶의 흔적이,
그칠 줄 모르던 욕망이,
폐가의 흙벽처럼 무너지고
노점상 좌판처럼 내동댕이쳐지더니,

더러는 가차 없이 버려지고
더러는 손에 잡히는 족족
포장상자에 담아져서는
척척 트럭에 실려
이내 골목을 빠져나간다.

맨살이 드러난 바람벽
순식간에 집은 폐허가 되고,
그토록 견고하다 믿었던
십수년 삶의 터전이
찰나에 빈자리만 남았다.

양화리* 고향집

동경 127.29.443도, 남위 36.504257도
지금은 사라진 고향집

집 상량 올리고 이백년
어머니 살림 말아 육십년

누대에 걸친 양화리 집은
하루아침에 폐가가 되었다.

한때 증조모, 아버지, 어머니, 삼촌 넷,
우리 형제 다섯, 일꾼 둘까지 열넷 대식구에

내 집 마당처럼 드나들던 이웃, 친척까지
늘 사람 북적대고 인정 넘치던 곳

강물에 비친 달이 구르는 듯 보인다는
전월산** 기슭에 자리잡아,

멀리 닭벼슬 같은 계룡산 연봉 보이고,
확 트인 장남평야

수백년 부안 임가들
옹기종기 모여 살던 마을

아침이면,
사랑방 동창에 새들 지저귀고,

학교에서 돌아오면,
뒤 결 장독대에서 엄마 부르고,

해질 무렵,
부엌 궁뎅이 앉아 노을 바라보던,

죽어서도 잊을 수 없는
내 영혼의 보금자리

어릴 적 어르신들
“이 놈 똑똑한가 보자” 주소 물으시면

야무지게 대답하던,
충남 연기군 남면 양화리 43번지.

* 세종시 연기면 세종리 옛 지명, 지금은 수용되어 없어진 옛마을
** 세종특별시 소재 산 이름

내가 죽어 묻힐 곳

내가 죽어 묻힌다면
멀리 한라산 보이는
이름 없는 오름
돌밭이면 좋겠다.

내 누울 곳은 다섯 자 서푼,
사방 돌담으로 둘러싸이고
한쪽 모퉁이 내 영혼 드나들
작은 구멍 하나 있었으면 좋겠다.

맑은 바람 부는 날,
그리로 훌훌 빠져 나와
영산기암, 학수바위, 외돌개 둘러보고
가파도, 달려도, 마라도 바라보리라.

귀신은 바다를 못 건너니,
어머니 아버지 보고 싶을 땐
한라산 꼭대기 올라

나 태어난 곳 더듬어보리라.

상처

흐르는 것은
흐르도록 두자.

어릴 적 냇물에
흘려 보낸 종이배처럼

눈 뜨고 놓쳐버린
고무신처럼

잡으려 잡으려 했던
무지개처럼

가야 할 것은
조용히 가게 놔두자.

지금 억장이 무너져도
기어이 보낼 것은 보내자.

갈 것은 가고
흐를 건 흐르다 보면

물결에 곱게 씻기어
고운 알맹이만 남을 거야.

못 견디게 아프긴 해도
너만 괜찮다면 나는 괜찮아.

걸 그룹

오오~
너희들은 진정으로
예쁘구나

인형같이 조그마한 얼굴에
날씬한 몸매 한껏 드러낸 의상

오오~
웃고 있는 모습이
선녀가 하강한 듯하구나

얼굴은 서로서로 달라도
판에 박은 듯 똑 같은 미소

톱니바퀴 돌아가듯
일사불란한 춤 동작

너희들은 오오~~~

진정으로 예쁘구나

중장애 합창단 공연

떨고 있구나. 너는
들리지 않는 귀와
성치 않은 몸이
부끄러워 떨고 있구나

떨고 있구나.
혹 네 간절한 손짓에
오히려 불편해들 하지 않을까
떨고 있구나

부끄러워해야 하는 건
우리들인데
멀쩡한 몸으로 멀쩡하게 못사는
우리가 부끄러운데

힘들게 버티고 서서
애써 전하는 너의 노래와
안쓰러운 율동에

눈시울이 뜨거워진다.

네 노래는,
들판의 바람소리처럼
메마르고 거칠어도
천상의 노래보다 아름답다.

세상에서 제일 눈부신,

세상에서 제일 눈부신 웃음을 보았다.
햇살 쏟아지는 정오의 인사동에서
다들 온전한 다리로 쌩쌩 걸어 가는데
너 혼자 불편한 다리로 흔들거리며
지금 있는 그대로 모든 게 축복인 듯
햇살처럼 눈부시게 넌 웃고 있구나.
온전하게 지켜줬으면 좋겠다.
세상에서 가장 아름다운 너의 미소
모두를 행복하게 하는 눈부신 너의 웃음

지우개를 위한 송가

다들 제 몸 살찌우기 바쁠 때
너는 네 살 깎여 야위어가고

남들 제 잘못 덮으려 애쓸 때
너는 그 더러움 함께 쓸어가며

모두들 살아남으려 허둥댈 때
너는 의연히 스러져갔으니

감히 나는 너에게 인생 함부로
살지 말라고 할 수 없구나

감히 나는 너에게 바보처럼
살지 말라고 말할 수 없구나.

나는 내 잘못 지우려
너를 박박 문지르는데

살이 뭉텅 뭉텅 쓸려나가도
울음 하나 울지 않는 너,

그나마 세상이 이만한 건
너 같은 족속 때문인가 하노라.

기도

주여,
제가 지난 날 그랬듯이
아쉬울 때만 당신을 찾지 않도록 하소서.
젖먹이가 엄마를 그리듯
늘 당신을 찾게 하소서.

주여,
제가 지난 날 그랬듯이
어려울 때만 당신께 구하지 않도록 하소서.
잘 풀릴 때나 안 풀릴 때나
당신 은혜에 감사하게 하소서.

천주이신 주여,
제가 지난 날 그랬듯이
즐거울 때만 당신을 노래하지 않게 하소서.
맑을 때나 흐릴 때나
늘 당신을 찬양하게 하소서.

하나이신 주여,
제가 지난 날 그랬듯이
기분날 때만 당신을 부르지 않도록 하소서.
날마다 신선한 공기를 마시듯
저 사는 땅 위에서 당신을 호흡하게 하소서.

생명이신 주여,
제가 지난 날 그랬듯이
이런 후회의 기도를 되풀이하지 않게 하소서.
당신 생각만으로 살 수 있도록
늘 당신 안에 머물게 하소서.

아멘.